畅 读 注 音 版

The World of Peter Rabbit

小兔彼得和他的朋友们

⑤

特德先生的故事

[英] 毕翠科斯·波特 / 著　卢晓 / 译

北京联合出版公司
Beijing United Publishing Co.,Ltd.

图书在版编目（CIP）数据

特德先生的故事 ／（英）波特著 ；卢晓译. —— 北京：北京联合出版公司，2015.3
（小兔彼得和他的朋友们：畅读注音版 ；5）
ISBN 978-7-5502-4233-3

Ⅰ．①特… Ⅱ．①波… ②卢… Ⅲ．①汉语拼音－儿童读物 Ⅳ．①H125.4

中国版本图书馆CIP数据核字(2014)第284505号

小兔彼得和他的朋友们·畅读注音版 5

特德先生的故事

选题策划：益博轩
作　　者：[英]毕翠科斯·波特
译　　者：卢　晓
责任编辑：宋延涛　徐秀琴

北京联合出版公司
（北京市西城区德外大街83号楼9层　　100088）
北京富达印务有限公司印刷　新华书店经销
字数46千字　880毫米×1230毫米　1/16　10印张
2015年3月第1版　2015年3月第1次印刷
ISBN 978-7-5502-4233-3
定价：26.80元

目录

特德先生
tè dé xiān sheng

的故事
de gù shi

1903

　　我以前写过很多关于小动物的
书，里面的动物们都表现得很有礼
貌。但是，今天我想做一些改变，在
这个新故事里，有两个让人烦恼的家
伙，一个叫汤尼·布洛克，另一个叫特
德先生。

　　没有人觉得特德先生是个正经
人。小兔子们无法忍受他，因为他身

上有在半英里外就能闻到的狐臭味。

特德先生还留着狐狸家族典型的大胡子，热衷于四处乱窜，因此，谁也不知道下一刻他会出现在何处。

他经常第一天住在树林里的小木棚里，让老本杰明·波塞一家陷入极度恐惧中，第二天就又会搬到湖边的柳树丛里，把生活在那里的野鸭子和水老鼠吓得灵魂出窍。

整个冬天直到春天早些时候，特德先生都住在布尔大坝上的一个石洞里。这个石洞在欧特梅尔悬崖下面。

特德先生拥有六所房子，但是他却极少住在自己家。

当特德先生不在家时，他的房子却也不会总空着，汤尼·布洛克经常不请自来地搬进去住上一段时间。

汤尼·布洛克是个小胖子，他浑身长满了硬硬的鬃毛，总是摇摇摆摆地走路，笑的时候更是毫不顾忌地露出满嘴的大牙。他虽然总是面带笑容，却没有良好的生活习惯。他最喜欢的食物有大黄蜂的巢穴、青蛙和蚯蚓。他最喜欢做的事情则是在有月亮照射的夜晚四处乱挖。

他身上的衣服肮脏不堪，他还习惯于白天穿着靴子上床睡觉。当然，这个床通常都是属于特德先生的。

汤尼·布洛克偶尔也会吃点兔肉

馅饼，但是他只吃极小的小兔子，这
种情况一般出现在食物极度缺乏的时
候。他与老本杰明·波塞关系还行，因
为他们都讨厌可恶的水獭和特德先生。

他们经常会在一起讨论这些令人不快
的话题。

老波塞先生已经很老了，身体也

不大健康。这一天，他披着围巾坐在家门口，在春光里吸着兔烟。

他和儿子本杰明还有儿媳佛罗浦西住在一起。此时的佛罗浦西刚生下一窝小兔子。这天下午，老波塞留下看家，本杰明和佛罗浦西外出了。

这窝小兔子还很小，只会睁开他们的蓝色眼睛，踢踢小腿。他们住在一个很浅的小洞里，睡觉的床上铺满

了兔毛和干草，蓬松柔软。但是他们的卧室并没有和主屋相通。

对了，还忘了告诉你一个事实——此时的老波塞早就忘记了那窝小兔子。他晒着太阳，正和路过树林的汤尼·布洛克聊得起劲呢。汤尼·布洛克随身携带着一个口袋，一把他用惯了的小锄头，还有一些捕鼠的工具。

汤尼·布洛克痛心疾首地抱怨道："特德先生偷走了所有的野鸡蛋，

我已经很难找到食物了。还有那些可恶的水獭，竟然趁我冬眠的时候抓走了所有的青蛙——我已经两周没吃过饱饭了，每天仅靠一些野核桃为食，都快要变成素食动物了。看来，我只能吃自己的尾巴了！"

汤尼·布洛克这半真半假的话把老波塞逗乐了，虽然内容不可笑，但是只要看着汤尼·布洛克那肥胖矮小的身体，再加上他呲牙咧嘴的样子，就会觉得滑稽可笑。

老波塞哈哈大笑着请汤尼·布洛克进入了兔窝，还让他品尝了一份美味可口的香饼，喝了一杯儿媳妇佛罗浦西亲手酿制的迎春花酒。

看，汤尼·布洛克挤进兔窝时还很敏捷呢！

老波塞点燃了自己的烟袋，让汤尼·布洛克尝了尝自己用甘蓝叶做的雪茄烟卷。雪茄的味道异常浓烈，熏

得汤尼·布洛克的嘴咧得更大了。

很快，整个兔窝全都弥漫着呛人

的烟雾了。老波塞一边咳嗽，一边大

笑。汤尼·布洛克则一边吸烟，一边呲

牙咧嘴地大笑。

老波塞一边笑一边咳嗽，然后慢

慢地闭上眼睛睡着了，因为那些甘蓝

雪茄实在太呛人了……

直到本杰明和佛罗浦西回家时，老波塞才醒来。此时，汤尼·布洛克和那窝小兔子全都不见了。老波塞不承认有人曾进过兔窝。但是，他却无法解释兔窝里残留的气味。而且，沙地板上还留有那么多深深的圆脚印。老波塞的行为真是太丢脸了！佛罗浦西揪着他的

耳朵，狠狠地揍了他一顿。

本杰明呢，他马上出发去追赶汤尼·布洛克。

事实上，想找到那只獾并不难，因为他留下了一串串脚印。他的脚印顺着树林里的小路，一直向前延伸着。从脚印可以看出，这家伙一会儿蹭掉地上的青苔，一会儿拔点儿路边的酸浆草。他甚至还挖了一个很深的陷阱，在里面放上了毒草和捕鼠器。前面，一条小溪挡住了路，本杰明轻轻一跳就跃了过去，脚都没湿。很快，他就发现河对面的泥浆里再次出现了獾那清晰笨重的脚印。

小路一直通往灌木丛，那里的大树全被砍掉了，只有一些重新长出嫩枝的橡树桩子，还有遍地的蓝色风信子。

但是，本杰明闻到了一股特别的气味，他停了下来，向四周张望着，他肯定那不是花的香气。

特德先生的小木屋出现了。而且特德先生正好在家，因为一股浓重的狐臭味和房顶上那个破桶做的烟囱正在冒着的烟雾证明了这一点。

本杰明坐下来看着烟囱里的烟雾，抽动着胡子。这时，他突然听到木屋里响起了盘子摔碎的声音，还有说话声。本杰明二话不说，转身就跑了。

他跑啊跑啊，一直跑到树林的另一端才停了下来。很显然，汤尼·布洛克也曾经走过这里，因为树林边的围墙上又出现了獾留下的足迹，一棵荆棘树上还挂着一根口袋上扯下的线头。

本杰明翻过围墙，看到了一片草地。在那里，他又发现了一只刚放置好的捕鼠器。于是，他继续沿着脚印跟踪汤尼·布洛克。天快黑了，其他的小兔子都走出家门，享受着傍晚清凉的空气。一只穿着蓝色外套的小兔子正忙着采集蒲公英。

本杰明大声喊道："彼得表弟！彼得！小兔子彼得！"

穿蓝外套的小兔子停下了脚步，警惕地竖起耳朵——

"发生了什么事情，本杰明表哥？你遇到猫，还是遇到白鼬约翰·斯托特了？"

"不，不，都不是！他偷走了我的孩子——汤尼·布洛克——我的孩子都被他装进口袋带走了——你看到他了没？"

"汤尼·布洛克？他偷走了你几个孩子？"

"七个，彼得表弟，七胞胎兄弟全被偷走了！你能告诉我汤尼·布洛克是沿着这条路走的吗？"

"是的，是的。十分钟前他刚刚走过……他说自己的口袋里全是毛毛虫，我还觉得奇怪，毛毛虫怎么会踢闹得那么厉害呢？"

"哪条路？他走的哪条路，彼得？"

"当时，汤尼·布洛克背着一袋活蹦乱跳的东西，他还安装捕鼠器来着。对了，你能把事情的前因后果都告诉我吗，本杰明表哥？"

于是，本杰明又说了一遍事情的经过。

"真是不幸，舅舅波塞年纪大了，脑子也不清楚了！"彼得说，"但是，有两种迹象表明一切还都有希望。第一，你的孩子们还全都安然无恙；第二，汤尼·布洛克刚吃完了点心，他也

xǔ huì xiān qù shuì jiào　　ér bǎ xiǎo tù zi men dàng zuò míng
许会先去睡觉，而把小兔子们当做明

tiān de zǎo cān
天的早餐。"

　　nà tā dào dǐ huì zǒu nǎ tiáo lù ne
"那他到底会走哪条路呢？"

　　nǐ bié jí　　běn jié míng biǎo gē　　wǒ zhī dào tā
"你别急，本杰明表哥。我知道他

zǒu nǎ tiáo lù　　rú guǒ tè dé xiān sheng zhèng zhù zài mù wū
走哪条路。如果特德先生正住在木屋

lǐ de huà　　nà tāng ní　bù luò kè kěn dìng shì qù le tè
里的话，那汤尼·布洛克肯定是去了特

dé xiān sheng de lìng yí chù zhù suǒ　　nà zuò fáng zi wèi yú
德先生的另一处住所，那座房子位于

bù ěr dà bà shàng　　zhì yú qí tā shì qing　　wǒ yě zhī dào
布尔大坝上。至于其他事情，我也知道

一些。因为他总是把所有的事情都说给我的姐姐米昂。他说过他将经过米昂的住所。"

米昂嫁给了一只小黑兔,住在山上。

彼得藏起了自己的蒲公英种子,和心急如焚的本杰明一起去找孩子。他们穿过田野,开始攀爬一座小山。汤

尼·布洛克的足迹一览无余，他好像每走一会儿都要放下口袋歇一歇。

"他肯定累得够呛！根据气味判断，我们已经离他越来越近了。这个坏蛋！"彼得说。

傍晚的天气很暖和，落日的余晖照耀在山坡的草地上。到达半山腰后，他们看到了米昂正坐在她家门口，还有四五只小兔子围绕着她玩耍，有一只黑色的小兔子，其他的全都是棕色的小兔子。

米昂说她刚才看到汤尼·布洛克经过这里，还问她的丈夫在不在家呢。她远远地还看到他在途中休息过两次。

tā shuō tāng ní bù luò kè diǎn zhe tóu gāo xìng
她说汤尼·布洛克点着头，高兴

de zhǐ le zhǐ tā suí shēn dài zhe de kǒu dai
地指了指他随身带着的口袋。

běn jié míng hǎn dào kuài zǒu bǐ dé tāng
本杰明喊道："快走，彼得！汤

ní bù luò kè jiù yào zhǔ diào nà xiē xiǎo tù zi le
尼·布洛克就要煮掉那些小兔子了！"

tā men yì zhí cháo zhe shān shàng pá le shàng qù
他们一直朝着山上爬了上去

tā jiù zài jiā lǐ wǒ gāng gāng kàn dào tā de hēi
——"他就在家里，我刚刚看到他的黑

sè ěr duo le gū jì zhèng cóng wū lǐ wǎng wài miàn kàn
色耳朵了。估计正从屋里往外面看

呢！咱们快走吧，本杰明表哥！"

当他们走进布尔大坝上面的树林里后，他们便小心翼翼地走着。大坝的岩石堆上长着很多大树，而在悬崖下面，就是特德先生的一座房子，就在靠近大坝顶端的位置，隐藏在岩石和灌木丛里。

liǎng zhī tù zi xiǎo xīn de kào jìn nà suǒ fáng zi yì
两只兔子小心地靠近那所房子，一

biān kuī shì zhe zhè zuò fáng zi yì biān jǐng tì zhe zhōu wéi
边窥视着这座房子，一边警惕着周围

de shēngxiǎng
的 声 响。

特德先生的房子既像一个山洞，又像一间牢房，更像一个随时会倒塌的猪圈，但房子的大门却异常坚固。此刻大门紧闭，还被锁上了。

夕阳映射下，窗玻璃就像熊熊燃烧的火焰一般。小兔子们透过窗户往里张望时，发现厨房里的柴火码放得很整齐，但是还没有开始点火。

本杰明总算放心了。

但是，看到厨房餐桌上准备好的东西，本杰明却再次紧张了起来。餐桌上摆放着一个很大的空馅饼盘，蓝色的盘底上描绘着柳树的图案，旁边还有一把切肉的刀、一个叉子和一个大斧头。

餐桌的另一端，是一块铺开一半的桌布，上面摆放着一个盘子、一个玻璃杯、一副刀叉、芥末和一把座椅。显然，这都是某人为用餐而精心准备的。

厨房没有人，但也没发现小兔宝宝们。到处一片寂静，就连钟表也停

止了运动。彼得和本杰明把鼻子都贴在

窗子的玻璃上了，想尽可能清楚地

看到厨房里的情形。

　　随后，他们绕过岩石去了房子的另

一端。这座房子阴暗潮湿，还散发着一

种让人难以忍受的臭味，周围到处都

是刺棘和石楠。

这让两只兔子的腿抖个不停。

本杰明伤心地说："天啊，我那些可怜的孩子，在这么恐怖的地方呢！我真怕再也见不到他们了！"

他们爬到卧室的窗台上。和厨房的窗子一样，卧室的窗子也紧闭着，上着窗栓子。但是，仔细看就会发现，这个窗子刚才被人推开过，因为窗台上有新鲜的脏脚印，一些蜘蛛网也被打乱了。

卧室里很阴暗。彼得和本杰明开始什么都看不到，但是他们听到了一种缓慢深沉的打鼾声。等他们的眼睛适应了屋里的黑暗后，他们看到一

gè jiā huo zhèng quán suō zài tè dé xiān sheng de chuáng shàng
个 家 伙 正 蜷 缩 在 特 德 先 生 的 床 上
shuì jiào ne
睡 觉 呢 。

bǐ dé mēn shēng shuō nǐ kàn tā chuān zhe xuē
彼 得 闷 声 说 ："你 看 ，他 穿 着 靴
zi shàng de chuáng
子 上 的 床 ！"

本杰明紧张得快晕过去了，他把
彼得从窗台上拉了下来。

汤尼·布洛克继续打着呼噜——平
稳均匀的鼾声不断从屋里传出来。
但小兔宝宝们仍是不见踪影。

太阳下山了，猫头鹰开始大声问
好。这座房子的周围到处都是令人不
快的东西——有兔子的肋骨、鸡腿骨和
其他一些让人毛骨悚然的玩意。这些

真该好好地埋起来。到处都伸手不见

五指，小兔子们只好又爬到房子的前

面，努力想办法弄开厨房的窗栓。

他们试图拔掉窗扇上一个生锈的

钉子，但没有成功。此时，周围更黑

暗了。

他们坐在窗外，一面小声交谈

着，一面聆听着屋子里面的动静。

半个小时过去了，月亮到了树梢

上，把银色的月光冷冷地洒在这座岩

石间的小屋上，透过窗户照亮了厨

房。但是，厨房里还是没有发现小兔宝

宝们。

月光照耀在肉刀和馅饼盘子上，

fǎn shè chū yí dào hán guāng　yìng shè zài chú fáng āng zāng de dì
反射出一道寒光，映射在厨房肮脏的地

bǎn shàng
板上。

　　zuì zhōng　　zhè dào guāng máng yìng shè zài chú fáng bì lú
　　最终，这道光芒映射在厨房壁炉

páng biān de nà miàn qiáng shàng　nà lǐ chū xiàn le yí shàn
旁边的那面墙上，那里出现了一扇

xiǎo tiě mén　jiù shì yǐ qián ān zhuāng zài shāo chái huo de lǎo
小铁门，就是以前安装在烧柴火的老

shì lú zào shàng de nà zhǒng mén
式炉灶上的那种门。

这时，彼得和本杰明发现，只要他们摇动窗户，那扇小门就会晃动着回应。看来，小兔宝宝们还都活着，他们就被关在那个壁炉的炉灶里。

本杰明很高兴自己没有吵醒汤尼·布洛克。那家伙正打着呼噜睡得香呢。虽然小兔宝宝们还活着，但是他们却没法打开厨房的窗户。小兔宝宝们实在太小了，他们连爬都不会，更不会自己逃出来了。

彼得和本杰明小声商议后，决定挖一条地道去救出小兔宝宝们。于是，他们从大坝下面一两米的位置开挖，希望在房子下面的岩石中间掏出一条通往厨房的地道。但是，厨房地

板太脏了，他们都无法辨认出哪里是
土，哪里是石头。

他们不停地挖啊挖啊，但遗憾的是
没有成功。因为这里到处都是岩石。

直到天快亮了，他们才挖到了厨房的
地板下面。本杰明开始躺在地道里仰
着头向上挖，彼得在地道的外面运走
挖出来的沙土石块，他们的爪子已经磨
破了。过了一会儿，彼得朝地道里喊：

"天亮了，太阳出来了，鸟儿们已经
开始早上的唱歌比赛了！"

本杰明从地道里爬出来，抖出耳
朵里的沙子，拿爪子擦了把脸。此时，
刚刚升起的太阳照耀着一切，越来越

暖和了，山间到处云雾缭绕，阳光化作万道光芒从林间倾泻了下来。

突然，一声乌鸦暴怒的尖叫声打破了平静，接着，山下田野上又传来了狐狸刺耳的咆哮声！两只小兔子被吓得失去了理智，一头扎进了新挖的地道里。这真是愚蠢透顶！要知道，地道的最里面，可正好在特德先生的厨房下面呢。

这时，特德先生已经走在了布尔大坝上。他的心情真是糟透了，先是打碎了盘子，虽然这不全是他的错，但那个盘子是他的老祖母维克森·特德留下来的整套餐具中最后一个瓷盘了。后来，那些讨厌的蚊子也让他不厌其烦。

最后，他在鸡窝里竟然没有抓到一只野鸡，找到的五枚鸡蛋还有两枚是坏的。

啊，特德先生这个夜晚真是不怎么顺心啊！

和以前一样，只要心情不好，特德先生就会搬家。他先是搬到湖边的柳树丛里，但是那里有点潮湿，讨厌的水獭还扔了一条死鱼在附近。特德先生可不喜欢别人剩下的东西，当然，自己剩下的除外。

所以，他决定去山上大坝那儿的房子里面住。不一会儿，他便发现了獾留下的脏脚印，还有一些苔藓。特德先生可以确定这些都是汤尼·布洛克留下的，因为没人像汤尼·布洛克那么喜欢无缘无故地乱挖苔藓了。

特德先生怒不可遏地用拐棍敲打着地面。他已经猜出汤尼·布洛克去了哪里。他更生气的是那只乌鸦。这只鸟一直紧跟着他，一边在林间挪腾着，一边斥骂他，还告诉周围的所有兔子警惕他。因为，有一次正当这只乌鸦飞过特德先生头顶时，他猛地大声咆哮着扑了过去。

特德先生拿着一把锈迹斑斑的大钥匙谨慎地走进了自己的房子。他使劲嗅了嗅气味，大胡子全都竖了起来。房子虽然锁着，但是他却怀疑有人在里面。他把钥匙塞进锁孔转动起来。两只躲在地道里的小兔子随即听到了开门

<ruby>的<rt>de</rt></ruby> <ruby>声<rt>shēng</rt></ruby> <ruby>响<rt>xiǎng</rt></ruby>。 <ruby>特<rt>tè</rt></ruby> <ruby>德<rt>dé</rt></ruby> <ruby>先<rt>xiān</rt></ruby> <ruby>生<rt>sheng</rt></ruby> <ruby>小<rt>xiǎo</rt></ruby> <ruby>心<rt>xīn</rt></ruby> <ruby>地<rt>de</rt></ruby> <ruby>推<rt>tuī</rt></ruby> <ruby>开<rt>kāi</rt></ruby> <ruby>门<rt>mén</rt></ruby>， <ruby>走<rt>zǒu</rt></ruby> <ruby>进<rt>jìn</rt></ruby> <ruby>了<rt>le</rt></ruby> <ruby>房<rt>fáng</rt></ruby> <ruby>间<rt>jiān</rt></ruby>。

<ruby>当<rt>dāng</rt></ruby> <ruby>他<rt>tā</rt></ruby> <ruby>走<rt>zǒu</rt></ruby> <ruby>进<rt>jìn</rt></ruby> <ruby>厨<rt>chú</rt></ruby> <ruby>房<rt>fáng</rt></ruby>， <ruby>看<rt>kàn</rt></ruby> <ruby>到<rt>dào</rt></ruby> <ruby>眼<rt>yǎn</rt></ruby> <ruby>前<rt>qián</rt></ruby> <ruby>的<rt>de</rt></ruby> <ruby>一<rt>yí</rt></ruby> <ruby>切<rt>qiè</rt></ruby> <ruby>时<rt>shí</rt></ruby>， <ruby>他<rt>tā</rt></ruby> <ruby>勃<rt>bó</rt></ruby> <ruby>然<rt>rán</rt></ruby> <ruby>大<rt>dà</rt></ruby> <ruby>怒<rt>nù</rt></ruby>。 <ruby>看<rt>kàn</rt></ruby> <ruby>看<rt>kan</rt></ruby> <ruby>吧<rt>ba</rt></ruby>， <ruby>特<rt>tè</rt></ruby> <ruby>德<rt>dé</rt></ruby> <ruby>先<rt>xiān</rt></ruby> <ruby>生<rt>sheng</rt></ruby>

的椅子、馅饼盘、刀叉、芥末、盐罐，

还有他折整齐收好的桌布全都摆在餐

桌上——毫无疑问，这是某个讨人厌的

家伙为自己的晚餐或早餐准备的。

空气中满是新鲜的泥土味道，还

有獾散发出来的浓厚臭味，这些混合气

味成功地掩盖了小兔宝宝们的气味。

其中，最吸引特德先生的是一种平稳均匀的打鼾声和梦呓，这些声音都是从他的卧室传出来的。

他透过半开的房门往里面看去，然后，他转身匆忙地从房子里走了出来。这时，他的大胡子全都竖着，连外套领子都被暴怒的毛撑了起来。

随后的二十分钟里，特德先生小心地在房子里爬进爬出。慢慢地，他终于敢冒险爬进卧室了。在屋外，他气得刨地；进入屋里，看到汤尼·布洛克呲着的大牙，他又觉得恶心。

汤尼·布洛克四仰八叉地躺在床上，大张着嘴巴，呲牙咧嘴地睡着了。他的打鼾声平稳均匀，但是，却睁着一只眼睛。

特德先生不停地在卧室里进进出出。有两次，他一次带着自己的拐棍，一次带着一个黑煤桶。很快，他就想出了一个绝妙的办法，所以，他又把那些东西拿了出去。

当特德先生拿着黑煤桶出去再回来时，汤尼·布洛克侧了侧身体，睡得更踏实了。他真是懒惰透顶，而且对特德先生毫不畏惧。真实的情况是，他纯粹因为太懒，睡得太舒服了，所以情愿一动不动地躺着。

当特德先生再次回到卧室的时候，他拿着一根晾衣绳。他在床边站着足足观察了汤尼·布洛克一分钟，分析着汤尼·布洛克的鼾声。但汤尼·布洛克的打鼾声实在太大了，显得还算自然。

特德先生转身打开了窗户，窗户发出"吱呀"的声音，把他吓了一大跳。他赶紧扭头观察汤尼·布洛克。汤尼·布洛克睁开的那只眼急忙

又闭上了，继续打着呼噜睡觉。

特德先生不同寻常的举动真是让人费解——床位于窗子和卧室门中间。他把窗子打开了一条缝，把绳子的一大半扔到窗外，另一半和钩子却握在自己手里。

汤尼·布洛克还在那里装睡打呼噜。特德先生凝视了他一会儿，就又走出了卧室。

汤尼·布洛克睁开双眼，看着那段绳子，偷偷地张嘴笑着。这时，窗外传来一阵声音，他又赶紧闭上了眼睛。

特德先生从大门出去，想绕行到

房子后面去。结果却被兔子们挖出的地

道狠狠地绊倒了。如果他知道谁躲在里

面，肯定会毫不犹豫地把他们逮出来。

特德先生踩塌了地道，差点踩到

彼得和本杰明的脑袋上。还好，他觉得

这一切都是汤尼·布洛克捣的鬼。

他从窗子外面捡起那段绳子，

仔细听了听屋里的动静，然后把绳子

_{bǎng zài le yì kē dà shù shàng}
绑在了一棵大树上。

_{tāng ní bù luò kè zhēng kāi yì zhī yǎn jing tōng}
汤尼·布洛克睁开一只眼睛，通

_{guò chuāng zi tōu kàn zhe zhè yí qiè dàn shì tā yě bù zhī}
过窗子偷看着这一切。但是他也不知

_{dào tè dé xiān sheng dào dǐ yào gàn ma}
道特德先生到底要干吗。

_{tè dé xiān sheng cóng quán yǎn nà er dǎ lái yí dà tǒng}
特德先生从泉眼那儿打来一大桶

_{shuǐ liàng liàng qiàng qiàng de jīng guò chú fáng lái dào wò shì}
水，踉踉跄跄地经过厨房来到卧室。

_{tāng ní bù luò kè zé gèng qǐ jìn de dǎ hū lu}
汤尼·布洛克则更起劲地打呼噜，

还从鼻子往外喷气。

特德先生把水桶放到床边，拿起了带钩子的绳尾。他举棋不定地看着汤尼·布洛克。此时的汤尼·布洛克呼噜打得就像得了中风一样，嘴也咧得不那么大了。

特德先生小心地爬到床头的椅子上，将自己的双腿异常危险地暴露在汤尼·布洛克的牙齿边。

他站直了身子，将带钩的绳子挂在床顶的架子上，就是经常用来挂床帐的地方——因为这座房子太长时间没人居住了，所以床帐已经被他收起来了。当然，床罩也收了起来，

所以，汤尼·布洛克只好盖着一张毯子睡觉。

特德先生站在摇摇晃晃的椅子上，低头观察汤尼·布洛克，觉得他真是一个无人能比的睡觉冠军。竟然

没有任何声音能够吵醒他，连绳子
绕过床架的声音也没有打扰到他。

　　特德先生安全地跳下椅子，费力
地把那桶水拎上了椅子。他打算把水
桶挂在钩子上，让这桶水悬在汤尼·
布洛克的头顶上，这样就可以给他洗一
个冷水澡了。当然，这还需要自己解开

外面的绳子才行。

但是，让一个细瘦的家伙把一大桶水举到钩子所在的高度，难度真的很大（虽然他怀着极强的报复心理，而且长着大胡子，看上去似乎孔武有力）。他差点失去平衡摔下椅子。

此时，汤尼·布洛克的呼噜声越来越像中风病人了。他的一条后腿在毯子下面剧烈地抖动了一下，但是他还是继续装睡。

特德先生拎着水桶从椅子上下来，并没有发生意外。他思索了很长时间，最后把水分别倒进了水盆和水壶里。相对而言，一只空桶他还是拿得

dòng de　　hěn kuài　　tā jiù bǎ kōng tǒng xuán guà zài le tāng
动 的。很 快，他 就 把 空 桶 悬 挂 在 了 汤

ní　　bù luò kè de tóu dǐng　　nà zhī kōng tǒng zài kōng zhōng
尼·布 洛 克 的 头 顶。那 只 空 桶 在 空 中

yáo bǎi huàng dòng zhe
摇 摆 晃 动 着。

qiān zhēn wàn què　　cóng lái méi yǒu rén xiàng tāng
千 真 万 确，从 来 没 有 人 像 汤

ní　　bù luò kè shuì jiào zhè me sǐ　　tè dé xiān sheng zài
尼·布 洛 克 睡 觉 这 么 死！特 德 先 生 在

yǐ zi nà er shàng shàng xià xià nà me duō cì　　jìng rán dōu
椅 子 那 儿 上 上 下 下 那 么 多 次，竟 然 都

méi chǎo xǐng tā
没 吵 醒 他。

特德先生用水盆和水壶一次一次地、慢慢地把水倒进了悬挂的水桶里。随着水越来越满，那个水桶就像钟摆一样晃动了起来，偶尔还会荡出一点儿水。但是，汤尼·布洛克还在

有节奏地打着呼噜，一动不动——只有一只眼睛偶尔眨一下。

终于，一切都准备就绪了——水桶里已经装满了水，绳子的一端紧绑在床架上，另一端通过窗子固定在外面的大树上。

特德先生嘟囔着："这样会把我的卧室弄得一团糟糕，除非进行一场彻底的春季大清扫，否则我再也不会上那张床了！"

最后，特德先生又看了一眼那只獾，离开了卧室。他走出大门后，随手关上了门。地道里，两只兔子听到头顶传来了一阵脚步声。

特德先生跑向屋后，计划解开绳子，让一桶水全都倾倒在汤尼·布洛克身上。

"我就是要用这种令他不愉快的奇妙方式弄醒他！"特德先生说。

特德先生刚走出房间，汤尼·布洛克就从床上爬了起来。他把特德先生的睡衣团成一团塞在了毯子下

面冒充自己，然后偷偷笑着离开了
卧室。

　　汤尼·布洛克来到厨房，他打算
生火烧壶水。此时的他已经没心思煮
那些小兔宝宝了。

　　特德先生来到树下时，发现因为
重量和拉力太大，绳结成了死结，
没法打开。他只得用自己的牙齿使劲地

撕咬绳子。就这样又啃又咬，足足有二十分钟，绳子才猛地松开了。这一下几乎扯掉了特德先生的牙齿，顺着惯性，他朝后面重重地跌倒在地。

卧室里传来巨大的摔打声、流水声，还有水桶在地上滚动的声音。

dàn shì   wéi dú méi yǒu jīng jiào shēng   tè dé xiān
但是，唯独没有惊叫声。特德先

sheng gǎn dào qí guài   tā ān jìng de zuò zài nà lǐ líng tīng zhe
生 感到奇怪，他安静地坐在那里聆听着

wū lǐ de shēng xiǎng
屋里的声响。

后来，他小心翼翼地走到窗边，探头探脑地朝屋里张望。他看见床上到处都是水，淅淅沥沥地往下淌，水桶则滚进了一个角落里。

床中间的毯子下面，有一个湿透了的东西——它的中间被水桶砸扁了——似乎正好砸在肚子上。那个东西头上盖着水淋淋的毯子，也不再打呼噜了。

卧室里没有忙乱的景象，除了水从床上往下滴落的声音，没有任何异常。

特德先生观察着这一切，足足看了半个小时。他的小眼睛熠熠生辉，最后，他兴奋地跳了起来。开始无所顾忌地敲打着窗户，但是那个包在毯子里的东西还是纹丝不动。

毫无疑问，结果出乎意料的完美。

水桶不但砸中了汤尼·布洛克，还把

他砸死了！

　　"我要把这个肮脏不堪的家伙埋到

他自己挖的洞里。我还要把我的床垫

搬出来晒干。"特德先生说。

　　"我要清洗桌布，然后铺在草地

上，让太阳对它进行彻底的消毒！我

的毯子则要拿到外面让风吹干。至于

那张床，一定得先消毒，再烘干，最

后，还要用暖水袋把它焐热乎。"

　　"我需要买软肥皂和其他各种各

样的肥皂，对了，还有苏打、硬毛刷、

消毒粉，最后还需要木炭消除这里的气

味。这座房子需要彻底地清洁消毒，也许我可以考虑烧一些硫黄。"

特德先生兴高采烈地跑进厨房，打算找一把铁锹——"我得先挖好洞，再把那个家伙拖出来……"结果，他打开门，却看到汤尼·布洛克正坐在餐桌旁，把属于特德先生的茶倒进特德先生的茶杯里。他浑身上下没有一滴水，正在咧着嘴哈哈大笑呢。随后，他端起一杯滚烫的水，全泼到了特德先生的身上。

特德先生冲向了汤尼·布洛克，但汤尼·布洛克却在一地的碎瓷片中准确地抓住了特德先生，一场令

rén jīng kǒng bù ān de dà zhàn zài chú fáng lǐ bào fā　duǒ
人惊恐不安的大战在厨房里爆发。躲

cáng zài chú fáng dì bǎn xià miàn de xiǎo tù　zi men xià huài
藏在厨房地板下面的小兔子们吓坏

le　 měi jiàn jiā jù dǎo xià de shēng yīn　　duì tā men ér
了，每件家具倒下的声音，对他们而

yán　　jiù xiàng zhěng gè shì jiè bēng tā le zá zài zì jǐ tóu
言，就像整个世界崩塌了砸在自己头

shàng yí yàng
上一样。

xiǎo tù zi men cóng dì dào zhōng pá le chū lái duǒ
小兔子们从地道中爬了出来，躲

jìn le páng biān de yán shí hé guàn mù cóng lǐ huáng kǒng bù
进了旁边的岩石和灌木丛里，惶恐不

ān de tīng zhe chú fáng lǐ de dòng jing
安地听着厨房里的动静。

fáng zǐ lǐ de dǎ dòu shēng tài kě pà le xiǎo tù
房子里的打斗声太可怕了，小兔

bǎo bao men yě bèi chǎo xǐng le tā men dōu bèi xià de hún
宝宝们也被吵醒了，他们都被吓得浑

shēn chàn dǒu yě xǔ duì tā men ér yán dāi zài lú
身颤抖。也许，对他们而言，待在炉

zào lǐ zhèng shì yì zhǒng xìng yùn ne yīn wèi chú fáng lǐ suǒ
灶里正是一种幸运呢！因为厨房里所

yǒu jiā jù quán dōu bèi dǎ fān le
有家具全都被打翻了。

chú fáng lǐ de suǒ yǒu dōng xi dōu bèi dǎ suì le　　nà
厨房里的所有东西都被打碎了，那

xiē cí qì gèng shì biàn chéng le suì piàn　　zhǐ yǒu bì lú jià
些瓷器更是变成了碎片，只有壁炉架

hé chú fáng de hù lán shì qí zhòng de xìng cún zhě
和厨房的护栏是其中的幸存者。

yǐ zi zá làn le　　chuāng hu de bō li　　guà zhōng
椅子砸烂了，窗户的玻璃、挂钟

quán dōu diào zài le dì shàng　　hái yǒu tè dé sheng de yì
全都掉在了地上。还有特德生的一

lǚ lǚ qiǎn zōng sè de hú zi yě gēn zhe yì qǐ diào dào le
缕缕浅棕色的胡子也跟着一起掉到了

dì shàng
地上。

壁炉架子上的花瓶纷纷坠落，各种瓶瓶罐罐也掉在了地上，水壶从炉灶的架子上跌落在地上，一切混乱不堪。而汤尼·布洛克则一脚踩进了黑莓果酱瓶子里。

一壶刚煮沸的开水倒下来浇到了特德先生的尾巴上。

汤尼·布洛克趁此机会，呲牙咧嘴地扑在了特德先生的身上，并且抱住了他。然后，他们就像一截圆木桩那样滚来滚去，最后滚出了厨房。

紧接着，大战在屋外继续展开。这两位先生撕扯扭打着滚过大坝，最后双双滚到了小山下面，撞在山脚

<ruby>下<rt>xià</rt></ruby> <ruby>的<rt>de</rt></ruby> <ruby>大<rt>dà</rt></ruby> <ruby>岩<rt>yán</rt></ruby> <ruby>石<rt>shí</rt></ruby> <ruby>上<rt>shàng</rt></ruby>。<ruby>从<rt>cóng</rt></ruby> <ruby>此<rt>cǐ</rt></ruby>，<ruby>汤<rt>tāng</rt></ruby> <ruby>尼<rt>ní</rt></ruby>·<ruby>布<rt>bù</rt></ruby> <ruby>洛<rt>luò</rt></ruby> <ruby>克<rt>kè</rt></ruby> <ruby>和<rt>hé</rt></ruby>

<ruby>特<rt>tè</rt></ruby> <ruby>德<rt>dé</rt></ruby> <ruby>先<rt>xiān</rt></ruby> <ruby>生<rt>sheng</rt></ruby> <ruby>之<rt>zhī</rt></ruby> <ruby>间<rt>jiān</rt></ruby> <ruby>的<rt>de</rt></ruby> <ruby>友<rt>yǒu</rt></ruby> <ruby>谊<rt>yì</rt></ruby> <ruby>荡<rt>dàng</rt></ruby> <ruby>然<rt>rán</rt></ruby> <ruby>无<rt>wú</rt></ruby> <ruby>存<rt>cún</rt></ruby>。

<ruby>看<rt>kàn</rt></ruby> <ruby>到<rt>dào</rt></ruby> <ruby>这<rt>zhè</rt></ruby> <ruby>一<rt>yí</rt></ruby> <ruby>切<rt>qiè</rt></ruby> <ruby>的<rt>de</rt></ruby> <ruby>彼<rt>bǐ</rt></ruby> <ruby>得<rt>dé</rt></ruby> <ruby>和<rt>hé</rt></ruby> <ruby>本<rt>běn</rt></ruby> <ruby>杰<rt>jié</rt></ruby> <ruby>明<rt>míng</rt></ruby> <ruby>立<rt>lì</rt></ruby> <ruby>刻<rt>kè</rt></ruby>

<ruby>从<rt>cóng</rt></ruby> <ruby>灌<rt>guàn</rt></ruby> <ruby>木<rt>mù</rt></ruby> <ruby>丛<rt>cóng</rt></ruby> <ruby>里<rt>lǐ</rt></ruby> <ruby>跳<rt>tiào</rt></ruby> <ruby>了<rt>le</rt></ruby> <ruby>出<rt>chū</rt></ruby> <ruby>来<rt>lái</rt></ruby>。

"本杰明，赶紧去救孩子们！你跑进去救他们，我守在这里！"

但是，本杰明吓傻了："哦，天！他们马上就要回来了！"

"他们不会的，你快去！"

"他们肯定会的！"

"你为什么自己吓唬自己呢？他

们已经掉到山下的采石场去了。我
确信！"

本杰明还在犹豫，彼得把他推进了
厨房："快去啊！现在就是最安全的时
候！记得关上炉灶的门，这样他们就
想不起来小兔宝宝们了。"

本杰明家里，这会儿一切都显得那
么压抑。

昨天晚饭后，佛罗浦西和老波塞
争吵了一番，后来他们都是一夜未睡。
早饭的时候又吵了一架。此时的老波塞
承认自己曾邀请客人来过家里，但是不
愿回答任何问题，也不接受佛罗浦西的
指责。一整天，家里的气氛很凝重。

老波塞很难过，他蜷缩在角落里，用一个椅子掩护着自己。佛罗浦西没收了他的烟斗，还把他的兔烟都藏了起来。为了宣泄自己的愤怒，她还把家里的东西都翻了出来，打算来一次春季大扫除。当她忙完这些，椅子后面的老波塞又开始不安，他不知道佛罗浦西

接下来还会做些什么。

在特德先生家的厨房里，到处都是打斗留下的痕迹。本杰明忐忑不安地走进厨房，打开了炉灶的门，伸手就摸到了热乎乎的小兔宝宝们，他们还在扭头蹬腿呢。他小心翼翼地把他们全拎了出来，装进口袋里，带回到彼得的身边。

"找到他们了！我们现在马上可以走吗？还要躲起来吗，彼得？"

彼得竖耳听着周围的动静，打斗声还在远处回荡着。

五分钟过去了，两只筋疲力尽的小兔子终于跑下了布尔大坝。他们俩半

提半拉，带着一只口袋跟跟跄跄地走在草地上。终于，他们安全到家了。

彼得和本杰明找回了孩子们，这大大减轻了老波塞先生的内疚感。佛罗浦西也感到非常高兴。小兔宝宝们吓坏了，但更饿坏了。吃完食物后，他们很快进入了梦乡，并慢慢地恢复了健康。

老波塞则得到了新礼物——一个新烟斗和一袋新鲜的兔烟。虽然他很有自尊心，但是他还是很乐意地接受了礼物。

大家都原谅了老波塞，他们快乐地享用了一顿晚餐。彼得和本杰明向老波塞和佛罗浦西讲述了自己的历险故事——此外，他们还急不可待地想知道汤尼·布洛克和特德先生之间的大战的最终结果。

的确，大家都急不可待地想知道结果呢，但战争似乎仍在继续着。

故事就到这里了。

小猪布兰德的故事

xiǎo zhū bù lán dé

de gù shi
的故事

1913

从前，有一位上了岁数的猪太太，大家都称她佩蒂托斯姑姑。她有八个孩子，四个小姑娘和四个男孩子。小姑娘们的名字依次是：克罗斯、萨克、小小和斯波特。四个男孩子的名字则为：亚历山大、布兰德、涔涔和斯达毕。斯达毕的尾巴受过伤。

八只小猪胃口都特别好。佩蒂托斯姑姑总是骄傲自豪地说:"哎呀,哎呀,你看看,他们真是太能吃了,真是能吃得不得了!"

突然,旁边传来一阵悠长尖锐的嚎叫声。原来啊,亚历山大卡在了猪食槽的铁环里出不来了。

wǒ hé pèi dì tuō sī gū gu yì qǐ tuō zhe tā de hòu
我和佩蒂托斯姑姑一起拖着他的后

tuǐ yòng jìn quán lì cái bǎ tā zhuài le chū lái
腿，用尽全力才把他拽了出来。

cén cén shēn shàng zé fā shēng le lìng yí jiàn hěn méi
涔涔身上则发生了另一件很没

miàn zi de shì qing xǐ yī rì nà tiān tā tūn xià le yì
面子的事情。洗衣日那天，他吞下了一

zhěng kuài féi zào
整 块肥皂。

guò le yí huì er wǒ mén yòu zài yí gè fàng gān jìng
过了一会儿，我们又在一个放干净

yī fu de lán zi lǐ fā xiàn le yì zhī quán shēn wū hēi de
衣服的篮子里，发现了一只全身乌黑的

xiǎo zhū pèi dì tuō sī gū gu dí dí gū gū bào yuàn shuō
小猪。佩蒂托斯姑姑嘀嘀咕咕抱怨说：

kàn kan zhè shì shéi jiā de tiáo pí hái zi a
"看看，这是谁家的调皮孩子啊？"

pèi dì tuō sī gū gu de hái zi dōu shì fěn hóng sè
佩蒂托斯姑姑的孩子都是粉红色

de xiǎo zhū zhǐ yǒu jǐ zhī shēn shàng dài zhe hēi sè de bān
的小猪，只有几只身上带着黑色的斑

diǎn dàn shì zhè zhī xiǎo zhū quán shēn dōu shì wū hēi de dāng
点。但是这只小猪全身都是乌黑的。当

hēi sè xiǎo zhū cóng zǎo pén lǐ chū lái hòu suǒ yǒu rén cái rèn
黑色小猪从澡盆里出来后，所有人才认

chū tā yuán lái shì xiǎo xiǎo
出她，原来是小小。

wǒ qù cài yuán zhāi cài de shí hou fā xiàn kè luó sī
我去菜园摘菜的时候，发现克罗斯

hé sà kè zhèng zài lǐ miàn bá hú luó bo wǒ lì kè shàng
和萨克正在里面拔胡萝卜。我立刻上

去揪住她们的耳朵，把她们拖出了菜园。克罗斯竟然想回头咬我！

"佩蒂托斯姑姑，佩蒂托斯姑姑！我们都知道你是一位伟大的母亲，但你的孩子们实在太调皮了！他们实在太不听话了！当然，除了斯波特和布兰德！"

"是啊，你说的没错！"佩蒂托斯姑姑唉声叹气地说，"他们太调皮了，也很能吃，现在要喝掉满桶的牛奶，我想我必须再去买头奶牛了！这样吧，可爱的斯波特就留在家里帮我做一些家务，其他的小猪就都送走吧！八个孩子

shí zài tài duō le
实在太多了。"

pèi dì tuō sī gū gu xiǎng le xiǎng yòu shuō
佩蒂托斯姑姑想了想又说：

yě xǔ sòng zǒu le tā men jiā lǐ de liáng shi jiù
"也许，送走了他们，家里的粮食就

zú gòu le
足够了！"

此后，涔涔和萨克乘坐一辆独轮车离开了。斯达毕、小小和克罗斯乘坐着一辆大车也离开了。

小猪布兰德和亚历山大也要去市场了。

我和佩蒂托斯姑姑为他俩刷干净外套，把卷尾巴理顺，又洗干净了他们的小脸，在院子里和他们道别。

佩蒂托斯姑姑不舍地哭泣着，她用一条毛巾不断擦着自己的眼泪，还为小猪布兰德擦去鼻涕和眼泪，也为亚历山大擦去鼻涕和眼泪，最后，她把毛巾递给斯波特。佩蒂托斯姑姑不舍地哀叹着，低声嘱咐着她的两只小猪：

"哦，亲爱的小猪布兰德，我的儿子，你就要去市场了，路上记得牵紧你弟弟亚历山大的手，记得不要弄脏衣服，不要忘记擤鼻涕——"佩蒂托斯姑姑边说边拿回了自己的毛巾。她又叮嘱道："要小心保管好自己的行李物品，当心鸡笼、熏肉和蛋。还有，记住

yào yì zhí yòng hòu jiǎo zǒu lù a
要一直用后脚走路啊！"

bù lán dé shì yì zhī chéng shú tīng huà de xiǎo zhū
布兰德是一只成熟听话的小猪，

tā zhèng zhòng qí shì de kàn zhe mǔ qīn liǎn jiá shàng guà
他郑重其事地看着母亲，脸颊上挂

mǎn le lèi zhū
满了泪珠。

pèi dì tuō sī gū gu yòu duì lìng yí gè ér zi shuō
佩蒂托斯姑姑又对另一个儿子说：

a wǒ de ér zi yà lì shān dà jì de yào shǒu qiān
"啊，我的儿子亚历山大，记得要手牵

shǒu yà lì shān dà shǎ hū hū de xiào zhe huí yìng
手——"亚历山大傻乎乎地笑着回应：

hē hē hē hē hē hē
"呵，呵呵，呵呵呵！"

"牵紧布兰德的手，你们现在必须出发去市场了，一切要当心啊——"

"呵，呵呵，呵呵呵！"亚历山大再次用傻笑打断了母亲的话。

"我对你真是无可奈何！"佩蒂托斯姑姑说，"一定要注意路标牌和里程碑，千万不要狼吞虎咽地吞下鱼骨头——"

"千万记住！"我再次强调说，"你们只要越过了这个郡的界牌，就再也不能回来了。亚历山大，你听到我说的话了吗？好吧，这是两张护照，可以让你们前往葛哈的市场。一定注意了，亚历山大！这两张护照可是我千辛万苦从警察那里弄来的啊！"

布兰德严肃认真地听着我的嘱咐，但是亚历山大却显得躁动不安，真是拿他没办法！最后，为了确保他的安全，我把护照别在了他背心的口袋里。

佩蒂托斯姑姑为他们每人准备了一个包裹，里面有八块薄荷糖。在糖纸上写明了应对各种突发情况的对策。

bù yí huì er　　xiǎo zhū bù lán dé hé yà lì shān dà
不一会儿，小猪布兰德和亚历山大

jiù chū fā le
就出发了。

　　chū fā hòu　　bù lán dé hé yà lì shān dà xiǎo pǎo le
　　出发后，布兰德和亚历山大小跑了

yì yīng lǐ zuǒ yòu de lù chéng　　qǐ mǎ　　xiǎo zhū bù lán dé
一英里左右的路程。起码，小猪布兰德

zhè yàng zuò le　　　ér yà lì shān dà què duō zǒu le　yí bàn yǐ
这样做了。而亚历山大却多走了一半以

shàng de lù　　yīn wèi tā zài lù shàng sā huān luàn pǎo　　dōng
上的路，因为他在路上撒欢乱跑，东

cuàn xī guàng de　　　tā yì biān pǎo tiào zhe　　yì biān hái bù
窜西逛的。他一边跑跳着，一边还不

<ruby>时<rt>shí</rt></ruby><ruby>地<rt>de</rt></ruby><ruby>骚<rt>sāo</rt></ruby><ruby>扰<rt>rǎo</rt></ruby><ruby>他<rt>tā</rt></ruby><ruby>的<rt>de</rt></ruby><ruby>哥<rt>gē</rt></ruby><ruby>哥<rt>ge</rt></ruby>，<ruby>嘴<rt>zuǐ</rt></ruby><ruby>里<rt>lǐ</rt></ruby><ruby>还<rt>hái</rt></ruby><ruby>唱<rt>chàng</rt></ruby><ruby>着<rt>zhe</rt></ruby>：

<ruby>一<rt>yì</rt></ruby><ruby>只<rt>zhī</rt></ruby><ruby>小<rt>xiǎo</rt></ruby><ruby>猪<rt>zhū</rt></ruby><ruby>去<rt>qù</rt></ruby><ruby>市<rt>shì</rt></ruby><ruby>场<rt>chǎng</rt></ruby>，

<ruby>一<rt>yì</rt></ruby><ruby>只<rt>zhī</rt></ruby><ruby>小<rt>xiǎo</rt></ruby><ruby>猪<rt>zhū</rt></ruby><ruby>留<rt>liú</rt></ruby><ruby>家<rt>jiā</rt></ruby><ruby>里<rt>lǐ</rt></ruby>，

<ruby>一<rt>yì</rt></ruby><ruby>只<rt>zhī</rt></ruby><ruby>小<rt>xiǎo</rt></ruby><ruby>猪<rt>zhū</rt></ruby><ruby>有<rt>yǒu</rt></ruby><ruby>块<rt>kuài</rt></ruby><ruby>肉<rt>ròu</rt></ruby>——

<ruby>“我<rt>wǒ</rt></ruby><ruby>们<rt>men</rt></ruby><ruby>来<rt>lái</rt></ruby><ruby>看<rt>kàn</rt></ruby><ruby>看<rt>kan</rt></ruby><ruby>妈<rt>mā</rt></ruby><ruby>妈<rt>ma</rt></ruby><ruby>准<rt>zhǔn</rt></ruby><ruby>备<rt>bèi</rt></ruby><ruby>了<rt>le</rt></ruby><ruby>什<rt>shén</rt></ruby><ruby>么<rt>me</rt></ruby><ruby>好<rt>hǎo</rt></ruby><ruby>吃<rt>chī</rt></ruby><ruby>的<rt>de</rt></ruby><ruby>给<rt>gěi</rt></ruby><ruby>我<rt>wǒ</rt></ruby><ruby>们<rt>men</rt></ruby><ruby>吧<rt>ba</rt></ruby>，<ruby>布<rt>bù</rt></ruby><ruby>兰<rt>lán</rt></ruby><ruby>德<rt>dé</rt></ruby>？”

随后，小猪布兰德和亚历山大就地坐下来，打开了自己的包裹。很快，亚历山大就吃掉了自己的那份。他把属于自己的薄荷糖全都吞了下去。

吃完后，他对布兰德说："能给我一块你的薄荷糖吗，布兰德？"

"抱歉，我想把那些薄荷糖保留到最需要的时候再吃。"布兰德为难地回答说。

听完小猪布兰德的回答，亚历山大很生气。他拿下自己的护照，用钉护照的别针去刺布兰德。当小猪布兰德用手帕遮挡他时，自己的别针也掉了下来。于是亚历山大又去争抢布兰德

的别针。最后，两只小猪的护照混在了

一起。小猪布兰德不得不就此责备了亚

历山大。

但是，他们很快就和好如初了，又

继续向前奔跑。他们唱着：

汤姆，汤姆，风笛乐手的儿子，

偷了猪就想溜，

他只会这一首曲子啊，

"翻越高山，走向远方！"

"两位年轻人，你们在唱什么

呢？谁偷了猪？你们有护照吗？"一位

警察问他们。在拐角的地方，他们差点

撞上这位警察。

小猪布兰德从口袋里掏出了自己的

hù zhào　　　dàn shì yà lì shān dà zhǎo le lǎo bàn tiān　　cái
护照，但是亚历山大找了老半天，才

zhànzhàn jīng jīng de zhǎochū le yí gè dōng xi
战战兢兢地找出了一个东西——

　　　sì fēn zhī sān biàn shì kě yǐ mǎi liǎng bàng de táng
"四分之三便士可以买两磅的糖

guǒ　　　zhè dào dǐ shì shén me　　gēn běn bú shì hù zhào
果——这到底是什么？根本不是护照

a
啊！"

　　yà lì shān dà dā la zhe bí zi　　　tā bǎ hù zhào
亚历山大耷拉着鼻子，他把护照

nòng diū le
弄丢了。

"警察先生，我有护照，真的！"

"如果没有护照的话，我是不会允许你走的。我正好有事经过农场，你跟我一起回去吧！"

小猪布兰德问："请问我也可以一起回农场吗？"

"不需要，年轻人，你的护照可没有什么问题。"

小猪布兰德不想独自一人上路，而且这时天还下起了雨。但是，他明白和警察争论是愚蠢的。所以，他给了弟弟一块薄荷糖，看着他消失在自己的视线里。

亚历山大后来的经历大体是这样

的——当那位警察慢慢悠悠地走到农场的时候，已经是下午茶时间，他身后跟着一只浑身湿淋淋，垂头丧气的小猪。我把亚历山大送给了附近的一户人家。他之后一直生活在那里，活得很滋润。

小猪布兰德沮丧地一个人往前走着，来到一个十字路口，那里树立着一个路标牌——"前方五英里到达集市""前方四英里到达小山""前方三英里到达佩蒂托斯农场"。

小猪布兰德看到路标牌后很吃惊，他觉得赶在天黑前到达集市是不大可能

了，但是明天就是招工集市了。想到

被调皮的亚历山大在路上浪费了那么

多时间，布兰德忍不住叹了口气。

他满怀希冀地看着那条通往小山

的路，紧了紧外套，继续冒雨前进了。

布兰德并不想去集市，想到自己孤

单一人站在拥挤的集市上，被拥挤的

人群挤来挤去，左右挑拣，最后被一个

粗鲁的农夫带走，他就会觉得很难过。

布兰德喃喃自语道："我真想有

一个属于自己的小菜园，这样我就可以

在里面种土豆了！"

他把冻得冰凉的手插进口袋里，

确认自己的护照还在。接着他又把另一

只手放进另一边的口袋里，结果又摸到了一张——哦，那是亚历山大的护照啊！布兰德尖叫起来，然后拼命地往回跑，希望自己能追上那个警察和亚历山大。

但是，他在拐弯的地方走错了方向——后来，又在几个拐弯的地方走错

了，布兰德彻底迷路了。

天色暗了下来，风声很大，大树在风中"吱吱呀呀"地响着，发出一声又一声的叹息。

布兰德吓得大声哭起来："呜呜，我找不到回家的路了！"

他漫无目的地走了一个多小时，终于走出了那片树林。此时，乌云散去，月光倾泻在大地上，布兰德发现自己正在一个完全陌生的地方。

眼前的荒野上有一条小路蜿蜒穿过，下方是平展宽广的山谷，一条小河在月光下潺潺地向前流淌着。远方的山岗在夜幕笼罩下隐约可见。

　　过了一会儿，布兰德看到了一座小木屋，他放快脚步爬了进去。

　　"我觉得这是一间鸡窝，但是我别无选择啊！"布兰德自言自语着。他全身湿透了，很冷，而且他实在太累了。

　　"火腿和鸡蛋，火腿和鸡蛋！"一只歇息在鸡窝里的母鸡"咯咯"叫着。

"骗子，圈套！咯咯！咯咯！"一只被打扰到的小公鸡不耐烦地呵斥着母鸡。

"到集市上去！跳着到集市上去！"一只歇息在小公鸡边上的喜欢孵蛋的白色母鸡"咯咯"叫着。

布兰德很害怕，他决定天一亮马上就离开。很快，他就和鸡们一起睡着了。

但是，睡了还没一个小时，他们就都被吵醒了。鸡们的主人——彼得·托马斯·贝博勋先生提着一盏灯走了进来，他拿着一个带盖的鸡篮，打算用这个篮子把六只鸡全带到集市上去。

他把小公鸡边上的白母鸡一把抓进了篮子里，随后发现了蜷缩在角落里的布兰德。

他很惊奇地说："咦，怎么这里还有一只呢？"说完，他抓着小猪的脖子把他也扔进了鸡篮。随后，他又抓了五只吵闹不停的脏母鸡，全扔在了布兰德身上。

大鸡篮里面有六只鸡和一只小猪，真的很沉重。

贝博勋先生背着他们摇摇摆摆地往山下走去。虽然布兰德差点被母鸡们的爪子抓成碎片，但他还是紧紧地藏好自己的护照和薄荷糖。

最后，大鸡篮被重重地放在了厨房的地板上，盖子打开了，小猪被拎了出来。布兰德抬头睁开了眼睛，他看到了一个丑陋不堪的中年人。这个人看上去很讨厌，笑起来嘴巴都快咧到耳边去了。

"不管怎样，这个可是自己跑上门的礼物！"贝博勋先生边说边把布

lán dé quán shēn shàng xià sōu le gè biàn
兰德全身上下搜了个遍。

tā bǎ dà jī lán bān dào jiǎo luò lǐ zài shàng miàn
他把大鸡篮搬到角落里，在上面

tào shàng le yí gè bù dài zi xiè tiān xiè de zhōng yú
套上了一个布袋子。谢天谢地，终于

shǐ nà xiē mǔ jī men ān jìng le xià lái jiē zhe tā
使那些母鸡们安静了下来。接着，他

yòu bǎ yì kǒu guō fàng zài lú zào shàng jiě kāi le zì jǐ
又把一口锅放在炉灶上，解开了自己

de xuē zi
的靴子。

bù lán dé zuò zài yì zhāng dèng zi shàng jǐn zhāng wàn
布兰德坐在一张凳子上，紧张万

fēn de cuō zhe zì jǐ de shǒu
分地搓着自己的手。

贝博勋先生脱下一只靴子，把它扔到厨房那边的墙壁上。这时，墙壁后面传出一声低沉的哼哼声。

贝博勋先生大吼了一声："闭嘴！"

小猪布兰德迷惑不解地看着贝博勋先生。

接下来，贝博勋先生又脱下另一只靴子，像扔第一只靴子那样狠狠地扔

了出去，这次墙壁后面又传出了奇怪的哼哼声。

贝博勋先生不耐烦地说："安静！你就不能安静一会儿吗？"

布兰德紧张不安地坐在凳子上。

贝博勋先生从一个箱子里面找出了一点儿燕麦片，开始熬制燕麦粥。

布兰德觉得在厨房的另一端，有人对食物有着极大的兴趣。但是他实在太饿了，不想再费心思琢磨那些奇怪的声音了。

贝博勋先生煮好了三盘燕麦粥，一盘是自己的，一盘是布兰德的，最后那盘怎么办——他瞪了布兰德一眼，把

nà pán yàn mài zhōu ná zǒu suǒ jìn le chú guì lǐ
那盘燕麦粥拿走锁进了橱柜里。

bù lán dé xiǎo xīn jǐn shèn de chī wán le zì jǐ
布兰德小心谨慎地吃完了自己

de nà fèn
的那份。

chī wán wǎn fàn bèi bó xūn xiān sheng fān le fān rì
吃完晚饭，贝博勋先生翻了翻日

历，又伸手按了按布兰德的肋骨。他觉得现在这个季节制作熏猪肉的话已经晚了。他后悔给布兰德饭吃。而且，他知道那些母鸡们已经知道这只小猪的存在了。

贝博勋先生检查了自己所剩无几的熏猪肉，犹豫不决地审视着小猪布兰德。后来，他说："今天晚上你可以睡在地板上。"

夜里，布兰德实在太累了，他睡得十分踏实。

第二天一早，贝博勋先生又开始煮燕麦粥，不过这次他煮的比较多。这天的天气很暖和，但是他看了看箱子里剩余的燕麦，就又冷着脸不高兴起来了。

他问布兰德："你还要继续启程吗？"

布兰德正要张口回答，贝博勋先生的邻居却在大门口吹响了口哨，原来贝博勋先生要带着他的母鸡搭乘邻居的车去赶集。贝博勋先生慌忙拎

着大鸡笼出门了，他扭头叮嘱布兰德：

"关好大门！不要乱管闲事，要不然

等我回来，肯定会剥了你的皮的！"

布兰德觉得，也许现在自己要求搭

车的话还来得及。

但是，他不信任贝博勋先生。

布兰德无拘无束地吃完了早餐，随

后四处打量着这座农家小屋，发现贝

博勋先生给所有东西都上了锁。不

过，他还是在厨房后面找到了一桶土

豆皮，这可真是意外的收获。他吃完

了那桶土豆皮，就在一个水桶里清洗

燕麦粥盘。他心情不错，边洗盘子边

唱歌：

tāng mǔ chuī zòu zhe liáo liàng de fēng dí a
汤姆吹奏着嘹亮的风笛啊，

xī yǐn zhe suǒ yǒu de xiǎo huǒ zi hé gū niang men
吸引着所有的小伙子和姑娘们，

tā men fēng yōng ér zhì zhǐ wèi tā de yīn yuè
他们蜂拥而至只为他的音乐，

fān yuè gāo shān zǒu xiàng yuǎn fāng
"翻越高山，走向远方！"

这时，一个柔弱的、低沉的声音

应和着他一起歌唱起来：

路途漫漫啊，翻越崇山峻岭，

我的长发在风中飘逸！

布兰德不由自主地放下了手中的

盘子，安静地聆听着。

这段歌声后，就是长时间的寂

静。布兰德蹑手蹑脚地走到厨房门口，探头往里面望去，却发现厨房里面空无一人。

过了一阵儿，他又走到上了锁的橱柜前，凑近锁眼闻了闻里面。但是，橱柜里面还是非常安静。

又过了很久，布兰德将一块自己珍藏的薄荷糖放进了橱柜的门缝里。很快，那块糖被取走了。

在这一天接下来的时间里，布兰德将他剩下的六块薄荷糖全塞进了门缝里。

当贝博勋先生回到家时，发现布兰德正乖乖坐在火炉旁，炉灶清理得

gān gān jìng jìng　　hái fàng hǎo le shāo shuǐ de hú　　wéi yī
干干净净，还放好了烧水的壶，唯一

de quē hàn jiù shì tā gòu bù zháo yàn mài piàn
的缺憾就是他够不着燕麦片。

　　bèi bó xūn xiān sheng gǎn dào hěn mǎn yì　　tā wēn hé
贝博勋先生感到很满意，他温和

de pāi le pāi bù lán dé de hòu bèi　　zhǔ le hǎo duō hǎo duō
地拍了拍布兰德的后背，煮了好多好多

yàn mài zhōu　　dàn shì　　tā wàng jì suǒ zhuāng yàn mài de nà
燕麦粥。但是，他忘记锁装燕麦的那

gè xiāng zi le　　hái yǒu　　chú guì de mén suī rán suǒ shàng
个箱子了，还有，橱柜的门虽然锁上

le　　dàn shì què yì diǎn yě bù yán shi　　tā hěn zǎo jiù
了，但是却一点也不严实。他很早就

上　床休息了，还吩咐布兰德，一定不
要在第二天中午十二点前吵醒自己。

　　布兰德独自坐在火炉边，默默地吃
着自己的那份燕麦粥。

　　突然，一个柔弱的声音从不远处
传过来："我是小猪蔚姬。你能给我
一些燕麦粥吗？"

布兰德大吃一惊，惊恐不安地观察着四周。

此时，一只可爱的伯克夏小黑猪正笑吟吟地站在他旁边。这只小猪长着双水汪汪的黑色小眼睛，是一位拥有微微翘起的短鼻子和双下巴的猪小姐。

她指了指布兰德的粥盘，布兰德赶紧把手中的盘子拿给她，紧接着他走到燕麦边上问："你为什么会出现在这里？"

"我是被偷来的！"蔚姬嘴里塞满了食物。

布兰德毫无顾忌地取出了燕麦。

wèi shén me yào bǎ nǐ tōu guò lái
"为什么要把你偷过来？"

wèi jī pō yǒu xìng zhì de huí dá   tōu lái zuò huǒ
蔚姬颇有兴致地回答："偷来做火

tuǐ hé xūn zhū ròu a
腿和熏猪肉啊！"

a   zhè yàng de huà nǐ wèi shén me hái dāi zài zhè
"啊，这样的话你为什么还待在这

lǐ bù táo pǎo   bù lán dé jīng kǒng bù ān de jiān jiào zhe
里不逃跑？"布兰德惊恐不安地尖叫着。

wǒ dǎ suàn chī wán wǎn fàn lì kè jiù lí kāi
"我打算吃完晚饭立刻就离开！"

wèi jī zhǎn dīng jié tiě de shuō
蔚姬斩钉截铁地说。

bù lán dé yòu zhǔ le hǎo duō hǎo duō yàn mài zhōu rán
布兰德又煮了好多好多燕麦粥，然

hòu yǒu diǎn er xiū sè de kàn zhe wèi jī
后有点儿羞涩地看着蔚姬。

wèi jī zhōng yú chī wán le dì èr pán yàn mài zhōu
蔚姬终于吃完了第二盘燕麦粥，

tā zhàn qǐ shēn lái hǎo xiàng yào dòng shēn zǒu le
她站起身来，好像要动身走了。

bù lán dé shuō xiàn zài wū wài tài hēi le nǐ
布兰德说："现在屋外太黑了，你

kě bù néng zǒu
可不能走。"

wèi jī xiǎn de jiāo lǜ bù ān
蔚姬显得焦虑不安。

rú guǒ shì bái tiān　nǐ néng rèn shi lù ma
"如果是白天，你能认识路吗？"

wǒ jiù zhī dào cóng hé duì miàn de xiǎo shān shàng
"我就知道从河对面的小山 上

néng kàn dào zhè zuò bái fáng zi　duì le　hǎo xīn de zhū xiān
能看到这座白房子。对了，好心的猪先

生，你计划走哪条路呢？"

布兰德坐在凳子上，满怀心事地说："我要去市场——我藏着两张猪护照。如果你不介意，我可以带你去大桥。"

随后，满怀感激的蔚姬又问了布兰德许多事情，这多少让布兰德有点儿害羞。

于是，布兰德只能假装睡着了。

终于，蔚姬安静了下来。

此时，布兰德却闻到了一股薄荷糖的香味。他突然睁开眼睛说："我还以为你早就把糖吃完了呢！"

"没有，我只是尝了一点点。"蔚姬解释说。借着火光，蔚姬正饶有趣味地研究着糖纸上面写的字。

布兰德谨慎地说："我觉得你现在最好别吃，也许透过天花板，贝博勋会闻到薄荷糖的气味的。"

蔚姬乖顺地把黏手的薄荷糖纸放回了口袋里。

她小心地请求着："麻烦你能唱首歌吗？"

"不好意思！呃，我牙正疼呢。"忐忑不安的布兰德回答说。

"那好吧，我来唱！"蔚姬说，"如果我唱的不对，你应该不会介意吧？一些歌词我记得不太清楚。"

布兰德对此没有任何异议。他安静地坐在那里，眯着眼注视着蔚姬。

蔚姬摇晃着脑袋，轻轻摆动着身体，双手打着节拍，用她那甜美的女低音唱了起来：

有个幽默的猪妈妈，她住在猪圈里，

她有三个可爱的猪宝宝，

呵，呵，呵！

小猪们的叫声：噜噜噜！

tā yǎn chàng le sān dào sì gè xiǎo jié   chàng de xiāng
她演唱了三到四个小节，唱得相

dāng dòng tīng   zhǐ shì měi chàng wán yì xiǎo jié   tā de tóu
当动听。只是每唱完一小节，她的头

jiù huì dī xià qù yì diǎn
就会低下去一点——

sān gè zhū bǎo bao nà me shòu
三个猪宝宝那么瘦，

ò   zhēn shì tài shòu le
哦，真是太瘦了！

bù zhī wèi hé   tā men bú huì shuō hēng hēng hēng
不知为何，他们不会说 哼 哼 哼！

bù zhī wèi hé   tā men yě bú huì shuō wū wū wū
不知为何，他们也不会说呜呜呜！

bù zhī wèi hé   tā men bú huì shuō
不知为何，他们不会说——

蔚姬的头越垂越低，最终，她像一只小皮球似的转了个身，在火炉前面的地板上睡着了。

布兰德轻手轻脚地走过来，体贴地为她盖上了一个椅子布罩。

布兰德怕自己睡过头，于是，在接下来的时间里他一直坐着聆听蟋蟀的

歌唱，还有天花板上 传来的贝博勋先生的呼噜声。

早上，天刚蒙蒙亮，布兰德就拿着自己的小包裹，叫醒了蔚姬。此时的蔚姬看上去既兴奋又惶恐。

"但是，布兰德，天还黑着呢，你确定我们能找到大路吗？"

"公鸡已经打鸣了，我们得赶在母鸡们叫唤之前走，要不然他们会吵醒贝博勋先生的。"

但是，蔚姬却坐下来哭了起来。

"快走啊，蔚姬！我们的眼睛会慢慢适应外面的，很快就能看到路。走吧，现在我就听到那些母鸡的

jiào shēng le
叫 声 了！”

　　bù lán dé tiān xìng wēn shùn　　chū shēng zhì jīn hái wèi
　　布 兰 德 天 性 温 顺，　出 生 至 今 还 未

céng duì mǔ jī shuō guò　　bì zuǐ　　　　jí shǐ zài nà gè dà
曾 对 母 鸡 说 过 “闭 嘴”，　即 使 在 那 个 大

jī lóng lǐ yě yí yàng
鸡 笼 里 也 一 样。

　　bù lán dé qiāo qiāo de kāi mén zǒu le chū lái　　yòu qiāo
　　布 兰 德 悄 悄 地 开 门 走 了 出 来，　又 悄

qiāo de guān shàng mén
悄 地 关 上 门。

bèi bó xūn xiān sheng fáng zi zhōu wéi
贝 博 勋 先 生 房 子 周 围

bèi jī men zāo tà de bú xiàngyàng
被 鸡 们 糟 蹋 得 不 像 样，

yǐ jīng méi yǒu suǒ wèi de
已 经 没 有 所 谓 的

huā yuán le
花 园 了。

liǎng zhī xiǎo zhū shǒu lā zhe shǒu
两 只 小 猪 手 拉 着 手，

qiāo qiāo de chuān guò
悄 悄 地 穿 过

cǎo dì
草 地，

fēi kuài de cháo dà lù zǒu qù
飞 快 地 朝 大 路 走 去。

tài yáng rǎn rǎn shēng qǐ
太 阳 冉 冉 升 起，

míng mèi de yáng guāng
明 媚 的 阳 光

zhào shè zhe zhěng gè shān gǔ
照 射 着 整 个 山 谷。

cǐ shí
此 时，

liǎng zhī xiǎo zhū
两 只 小 猪

已经穿过了荒野。他们看见阳光照耀下的山谷静谧而生机勃勃，一座座白色的小屋子坐落在花园和果园的怀抱里。

"看，那里就是威斯特摩兰郡！"

蔚姬说着放开了布兰德的手，欢快地边跳边唱起来。

tāng mǔ   tāng mǔ   fēng dí yuè shǒu de ér zi
汤姆，汤姆，风笛乐手的儿子，

tōu le zhū jiù xiǎng liū
偷了猪就想溜，

tā zhǐ huì zhè yì shǒu qǔ zi a
他只会这一首曲子啊，

fān yuè gāo shān zǒu xiàng yuǎn fāng
"翻越高山，走向远方！"

kuài diǎn zǒu ba   wèi jī   wǒ men yào zài rén men
"快点走吧，蔚姬！我们要在人们

qǐ chuáng qián gǎn dào dà qiáo nà lǐ
起床前赶到大桥那里。"

wèi jī wèn　　　bù lán dé　　wèi shén me nǐ yí dìng
蔚姬问："布兰德，为什么你一定

yào qù shì chǎng ne
要去市场呢？"

qí shí　　wǒ bìng bù hěn xiǎng qù shì chǎng　wǒ de
"其实，我并不很想去市场。我的

yuànwàng shì zài cài yuán lǐ zhòng zhí zì jǐ de tǔ dòu
愿望是在菜园里种植自己的土豆！"

wèi jī yòu wèn　　　nà nǐ xiàn zài xū yào yí kuài bò
蔚姬又问："那你现在需要一块薄

he táng ma
荷糖吗？"

bù lán dé jiè gù jù jué le
布兰德借故拒绝了。

蔚姬又追问说："可怜的布兰德，你的牙还在疼吗？"

布兰德含糊不清地低声嘀咕着。

蔚姬独自一人吃起了薄荷糖，走到了马路的对面。

"蔚姬！别动，就躲在墙下面，那边有个人正在田里！"

随后，蔚姬穿过马路，他们急忙跑下小山，朝着两个郡交界的地方走去。

突然，布兰德猛地驻足。因为他听到了"轰隆隆"的车轱辘声。

一个商人驾着马车从后面渐渐追了上来。缰绳耷拉在马背上，赶车人

zhèng zuò zài chē shàng dú zhe bào zhǐ
正 坐 在 车 上 读 着 报 纸 。

　　　　　wèi jī　　kuài tǔ diào nǐ zuǐ lǐ de bò he táng
　　　"蔚 姬，快 吐 掉 你 嘴 里 的 薄 荷 糖！
wǒ men kě néng xū yào kuài sù bēn pǎo le　　shén me dōu bié
我 们 可 能 需 要 快 速 奔 跑 了。什 么 都 别
wèn　　yí qiè dōu jiāo gěi wǒ　　jì zhù　　shì chǎng jiù zài wǒ
问，一 切 都 交 给 我。记 住，市 场 就 在 我
men qián fāng le
们 前 方 了！"

　　　　bù lán dé shuō zhe　　kě lián de tā jī hū yào kū qǐ
　　　布 兰 德 说 着，可 怜 的 他 几 乎 要 哭 起
lái le　　tā chān fú zhe wèi jī de gē bo　　zhuāng zhe yì
来 了。他 挽 扶 着 蔚 姬 的 胳 膊，装 着 一

tiáo tuǐ shòushāng de yàng zi xiàngqián zǒu zhe
条腿受伤的样子向前走着。

jiǎ rú nà mǎ méi yǒu shòu dào jīng xià dà shēng pēn
假如那马没有受到惊吓，大声喷

qǐ le bí xī nà gè zhuān xīn dú bào de shāng rén kě néng
起了鼻息，那个专心读报的商人可能

jiù bú huì fā xiàn zhè liǎng zhī xiǎo zhū le
就不会发现这两只小猪了。

dàn shì xiàn zài tā tíng xià mǎ chē fàng xià
但是，现在，他停下马车，放下

mǎ biān wèn dào wèi xiǎo zhū men nǐ men yào
马鞭，问道："喂，小猪们，你们要

qù nǎ lǐ
去哪里？"

布兰德站在路边，一副不知所措的样子。

"你们耳朵聋了吗？你们是要去市场吗？"

布兰德缓慢地点了点头。

"哈哈，果然被我猜中了。但是昨天才是集市啊！这样，给我看看你们的护照，好吗？"

布兰德发现商人马车的马后蹄上嵌着一个小石子。

那商人稍稍抽了一马鞭，问：

"护照呢？你们的猪护照呢？"

布兰德翻遍了自己所有的口袋，终于找到了两张猪护照，然后把它们递

gěi le shāng rén　　shāng rén kàn le kàn nà liǎng zhāng hù zhào
给了商人。商人看了看那两张护照，

jué de hái shì bú dà mǎn yì
觉得还是不大满意。

　　　　nán dào zhè wèi nián qīng de xiǎo jiě jiào yà lì
　　"难道这位年轻的小姐叫亚历

shān dà
山大？"

wèi jī gāng xiǎng huí dá　　yòu tū rán bì shàng le
蔚姬刚想回答，又突然闭上了
zuǐ ba
嘴巴。

yīn wèi bù lán dé tū rán jù liè ké sou le qǐ lái
因为布兰德突然剧烈咳嗽了起来，
qì chuǎn xū xū de yàng zi
气喘吁吁的样子。

cǐ shí　shāng rén de shǒu zhǐ zài bào zhǐ shàng de guǎng
此时，商人的手指在报纸上的 广
gào lán kuài sù de yí dòng zhe　　　　yí shī　bèi tōu zǒu
告栏快速地移动着——"遗失，被偷走

或者走丢，如果有人能够找回来，会支付十先令的报酬！"他扭头用怀疑的眼神打量着蔚姬，心里逐渐有了一个想法，他觉得这不失为一笔好生意。

他吹着口哨招呼田里的农夫过来。

商人说："请你们在这里稍等一会儿，我有点事和他谈谈。"他边说边收拾缰绳往农夫那里走去。他觉得小猪很狡猾，但是他也知道，像布兰德这种瘸腿小猪是跑不掉的。

"蔚姬，现在还不是跑的时候，他肯定会回头看的。"不出所料，商人回头看了看小猪们，发现他们安静乖巧

地站在路中间。随后，他又检查了自
己的马，发现马也瘸了。他在农夫那里
费了很大劲才把那个小石子取了出来。

布兰德小声说："就是现在了，
蔚姬，快跑！"

从来没有一只小猪像他们跑得这
样快！他们飞快地跑着，尖叫着，沿

着漫长的土黄色山路朝市场跑去。

胖乎乎的蔚姬一蹦一跳地跑着，衬裙随风飘舞着，一双小脚发出"啪嗒啪嗒"的声音。

他们跑啊跑，跑啊跑，一直朝着山下跑去。他们抄了近道，穿过了鹅卵石小溪和灯芯草荒原之间的平坦草地。

终于，他们来到了小河边，跑到了大桥跟前——随后，他们手拉手走过了大桥。

wèi jī hé bù lán dé fān guò chóng shān jùn lǐng huān
蔚姬和布兰德翻过崇山峻岭，欢

hū tiào yuè zhe cháo yuǎn fāng zǒu qù
呼跳跃着朝远方走去。

gù shì jiù dào zhè lǐ le
故事就到这里了！